L'AME

POÈME

Par Louis JANMOT.

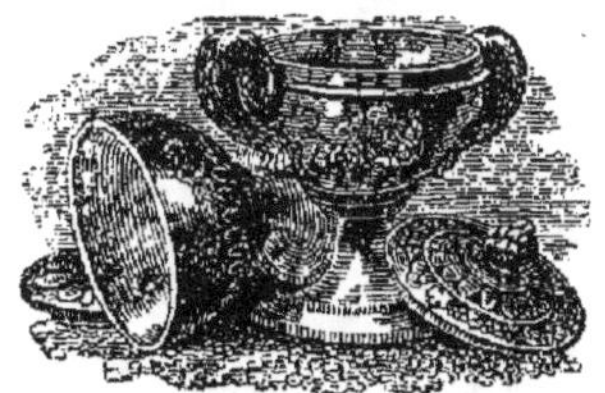

LYON.
IMPRIMERIE D'AIMÉ VINGTRINIER,
QUAI SAINT-ANTOINE, 36.
1854.

L'AME.

POÈME

L'AME

POÈME.

PAR LOUIS JANMOT.

LYON.
IMPRIMERIE D'AIMÉ VINGTRINIER,
QUAI SAINT-ANTOINE, 36.
—
1854.

L'AME.

POÈME.

I.

GÉNÉRATION DIVINE.

A l'instant qu'a choisi la sagesse infinie.
Le néant vaincu cède et fait place à la vie :
De l'abime entr'ouvert sombre et silencieux.
Une âme humaine monte à la clarté des cieux:
Et le Dieu créateur, d'une ineffable ivresse.
A tressailli lui-même. et sur son cœur il presse

4.

Il voit croître et s'enfuir par centaines de milles,
Planètes et soleils aux disques enflammés,
Que sur les flots de l'air le Seigneur a semés
Comme d'immenses îles.

On dirait, à les voir, de rapides coursiers
Tout prêts à s'égarer dans les champs sans limite,
S'ils n'étaient, d'un bras fort, retenus dans l'orbite
Des célestes sentiers.

Astres qui gravitez, malgré l'ombre et le vide,
Vous devez moins que nous vous tromper de chemin.
Troupeau sans liberté, pouvez-vous fuir la main
Du pasteur qui vous guide ?

L'esprit a salué leurs anges protecteurs,
Et ceux qui, comme lui, garderont sous leur aile
L'âme humaine, fardeau plus lourd et plus rebelle,
Et qui semblent rêveurs.

De ceux que le méchant persécute ou menace,

D'autres portent les cris jusqu'au trône de Dieu,
Et passent devant lui comme des traits de feu
        En traversant l'espace.

Voici le défilé, pâle et silencieux,
Des âmes par la mort sans répit moissonnées,
Et d'un vol inégal se sentant entraînées
        Au tribunal des cieux.

Ainsi, de tous côtés, lorsque l'hiver arrive,
De nos champs désertés pour des climats meilleurs,
Nous voyons émigrer des oiseaux voyageurs
        La troupe fugitive.

Quel est donc ce géant et ce vautour cruel
Qui lui ronge le cœur ? En vain il le dépèce :
Sans cesse dévoré, le cœur renaît sans cesse
        Pour souffrir immortel.

Tout autour, envieux de cette horrible proie,

Rôde un cercle hideux, groupe de noirs esprits :
Dans leurs yeux sans rayons et sur leurs fronts proscrits
	Passe un éclair de joie.

Esprit du mal, mystère où nul n'a vu le jour,
Que vous a donc fait l'homme? Il lui suffit de naître:
Vous êtes son tourment, son partage peut-être,
	Son ennemi toujour.

L'ange poursuit encore, et la sombre atmosphère
S'emplit d'un bruit croissant de plaintives clameurs.
C'est le globe maudit, c'est le séjour des pleurs.
	L'ange a touché la terre.

III.

L'ANGE ET LA MÈRE.

Que la paix du Seigneur repose
Sur cette mère et son trésor,
Et que sur leur paupière close
Elle verse des songes d'or!
Enfant, dormez, pour vous je prie,
Et dois veiller avec amour,
Afin qu'au terme de la vie
Vous bénissiez ce premier jour.

Hélas ! combien de fois l'aurore
Qui brille à l'orient vermeil,
Doit-elle se lever encore,
Avant votre dernier réveil !
Combien de fois aussi l'orage
Troublera-t-il ce lac d'azur,
Qui du ciel reflète l'image,
Dans son sein aujourd'hui si pur !

Loin des sentiers de la patrie,
L'homme, voyageur égaré,
Cherche en vain la source infinie
Dont il fut ailleurs énivré.
Oubliant la patrie absente,
Il suit le nuage trompeur
Où, sous une forme énivrante,
Il voit le rêve de son cœur.

Mais bientôt l'idéale image,
Du ciel imparfait souvenir,

S'évanouit comme un nuage,

Dans la main qui croit le saisir.

L'âme d'un trait mortel blessée,

Ne peut plus reprendre son vol.

Pauvre oiseau, qui l'aile cassée

Se traîne sanglant sur le sol

Vous seul savez, mon Dieu, quels dangers, que d'alarmes

Menacent votre enfant ; et, si j'ose trembler,

Pardonnez-moi, vous seul pouvez compter les larmes

    Qui de ses yeux doivent couler

Pitié pour lui, Seigneur, et pour ce cœur de mère

Plein d'un amour si saint, et si fort et si doux !

Cet amour n'est-il pas lui-même une prière,

    La plus éloquente pour vous ?

Mais votre juste main a pesé la mesure

Des douleurs qu'ici-bas tout homme doit porter ;

Pour accomplir la loi de sa noble nature,

    Il faut souffrir pour mériter.

Des ombres du présent tout l'avenir s'éclaire.
Ce n'est point un vrai mal, le mal qui peut finir:
Car vous êtes, Seigneur, bien moins juge que père.
Si vous frappez c'est pour bénir :

Pour que l'homme vous cherche, en vous seul qu'il espère.
Et, qu'aimant et soumis, il vous rende son cœur.
Trop longtemps égaré sur cette triste terre,
A la poursuite du bonheur.

IV.

LE PRINTEMPS.

Le soleil, maître de la vie,
Verse ses rayons les plus doux :
Il dit à la terre engourdie :
C'est le printemps, réveillez-vous !
J'ai déchiré le voile humide
Qui glaçait votre sein avide
De subir mes regards de feu :
Qu'attendez-vous, plantes frileuses ?

12

Levez vos têtes paresseuses,
Regardez-moi dans le ciel bleu.

Fils d'Adam, la terre est parée.
Eveillez-vous à votre tour.
L'hiver est de peu de durée.
Vous aussi le saurez un jour !
Aussi brillant, le soleil donne
Au printemps sa blanche couronne.
A l'été sa molle langueur :
Et rien ne change, excepté l'âme
Où tout rayon puise sa flamme.
La fleur sa grâce et sa fraîcheur.

Venez, l'aubépine est fleurie.
Cueillez-en le premier rameau :
Courez léger sur la prairie.
Comme l'hirondelle sur l'eau.
Insecte, oiseau, brise odorante.
Tout vit, brille, bourdonne ou chante.

Vous caresse et vous fait sa cour :
Le bouton d'or vers vous se penche
Et les yeux bleus de la pervenche
Vous regardent avec amour.

De ces fleurs à peine amassées
Quoi ! vous allez vous dessaisir !
Vos mains sont-elles donc lassées ?
Déjà changez-vous de désir ?
Du papillon l'aile azurée
Serait bientôt décolorée.
Il périrait entre vos doigts :
Pendant que, libre en son caprice,
Il visite chaque calice,
Ecoutez cette douce voix :

« Viens ici, les fleurs sont plus belles.
Les oiseaux plus brillants encor
Semblent en secouant leurs ailes
Faire éclater la pourpre et l'or.

14

Suis-moi jusque sur la colline,
Et, sous le bois qui la domine,
Nous trouverons d'autres sentiers :
En les suivant dans notre course,
Peut-être verrons-nous la source
Du ruisseau qui coule à nos pieds. »

Et, joyeux, vous allez les suivre,
Et, quand vous serez de retour,
Vous aurez le sens de ce livre
Dont chaque feuille marque un jour.
Du moins, malgré la voix si douce,
Sur l'herbe fraîche et sur la mousse,
Un moment cherchez un abri :
Enfant, plus vous marcherez vite,
Plus tôt vous verrez la limite,
Où finit le sentier fleuri.

V.

SOUVENIR DU CIEL.

Lorsqu'arrive le soir, l'enfant lassé repose
Près du lit maternel sa tête blonde et rose :
Et les songes, amis du paisible berceau,
D'un monde merveilleux écartent le rideau.
Dans une vaste plaine, au bord d'un fleuve, il rêve
Qu'il marche tout joyeux, ramassant sur la grève
Coquille et diamant, dont le prisme changeant
Luit dans le sable d'or en clairs reflets d'argent :
Pendant que le soleil qui sur les eaux décline,

16

Jette un dernier regard à la ville voisine,
Que les vitres en flamme et les toits empourprés
D'une étrange splendeur brillent transfigurés.

Tout à coup il entend comme un battement d'ailes.
Il écoute, il regarde : ô surprises nouvelles !
Des anges radieux aux doux yeux, au front pur,
Passent en se jouant dans le limpide azur.
Quel sourire divin sur leur bouche divine,
Sous leurs cheveux flottants quand leur beau col s'incline,
Sur le front d'un enfant qui, pour être embrassé,
Leur sourit à son tour entre leurs bras bercé !
Ainsi la rose en fleurs sur le bouton se penche,
Quand, au vent du matin, la verdoyante branche
Qui porte avec orgueil le couple gracieux,
Se balance légère en les berçant tous deux.

Des chants d'une harmonie inconnue à la terre,
S'élèvent dans les airs, voilés, pleins de mystère.

Comme ces bruits confus que la brise parfois
Murmure en soupirant à l'ombre des grands bois.

Les célestes accents se croisent, se confondent
Et s'appellent entr'eux : des harpes leur répondent.
Comme des lis semés sur la pourpre des rois.
Les belles notes d'or brillent entre les voix.
Ou tel, lorsqu'apparait dans le ciel d'un bleu sombre
L'astre aux rayons d'argent, des étoiles sans nombre
Le chœur brillant l'entoure, et leur vive lueur
Rehausse encor l'éclat de sa mate blancheur.

L'enfant seul délaissé, d'une oreille ravie
Écoute, puis soupire, et d'un œil plein d'envie
Il regarde, il implore, en leur tendant les bras.
Les groupes bienheureux qui ne l'entendent pas :
Qui, tels que des oiseaux, tantôt rasent la terre.
Dans l'ombre disparus, tantôt à la lumière
Émergeant tout à coup, reparaissent au loin.
S'entr'ouvrant dans la nue un splendide chemin.

Que ne peut-il, comme eux emporté dans l'espace,
Atteindre dans son vol le nuage qui passe,
Le mettre sous ses pieds comme un échelon d'or,
Et de là vers les cieux reprendre son essor.

Mais plus grands sont les vœux, plus les efforts stériles.
De ses yeux abaissés sur ses pieds immobiles,
Des pleurs de désespoir commençaient à couler,
Quand d'une voix connue il s'entend appeler :
« Que de tes pleurs amers la source soit tarie :
Vois-tu l'enfant Jésus et la Vierge Marie ?
Ils te consoleront. En s'approchant de nous
Comme ils semblent sourire!... à genoux, à genoux!»

A peine ont-ils fléchi que, grâce inespérée !
Comme d'un corps mortel une âme délivrée,
Fleuve, grève, gazon, sous ses pieds semblent fuir,
Et, d'un vol qui s'accroît au gré de son désir,
Il monte vers le ciel... mais, hélas! même en rêve,

Le bonheur s'entrevoit et jamais ne s'achève :
Des êtres lumineux la vision s'enfuit,
Et l'enfant reste seul dans la profonde nuit.

VI.

LE TOIT PATERNEL.

— Ami, retirons-nous, l'orage me fait peur !
Nous avons bien à temps soustrait à sa fureur
La primevère rose et le rosier si frêle :
Sous les coups redoublés du vent et de la grêle,
Pour un moment d'oubli, nous aurions vu périr
Leurs boutons qui, ce soir, commençaient à s'ouvrir.

— Laisse-moi contempler cet immense nuage,
Étendant sur le ciel ses bras démesurés.

Et l'éclair tout à coup se livrant un passage
    Dans ses flancs déchirés.

As-tu vu resplendir d'un éclat éphémère
Les toits, les hauts clochers, les vieux murs de l'enclos ?
Fantômes évoqués par un coup de tonnerre,
    Rentrez dans le chaos !

— Je n'ai vu, je n'entends que la foudre qui tombe
A quelques pas de nous ; cette effroyable trombe
Ne finira donc point. Daignez de tout malheur
Préserver, ô mon Dieu, le pauvre voyageur !

— Le ruisseau, ce matin, selon notre coutume,
Passé sur des cailloux jetés dans le courant,
Roulant hors de son lit des flots blanchis d'écume,
    Mugit comme un torrent.

Le grand chêne gémit en secouant la tête :

Comme un cheval rétif sous l'éperon cabré.
Il se débat en vain aux coups de la tempête
        Qui le courbe à son gré.

— Ami, rapprochons-nous de la lampe qui brille.
Autour d'elle déjà s'assemble la famille :
Et grand'mère qui lit la Bible chaque soir
Nous fait, pour écouter, signe de nous asseoir. —

VII.

LECTURE.

(Psaume XLIII).

Qu'est-ce que l'homme, ô Dieu, pour que votre pensée
Du haut de l'infini descende jusqu'à lui,
Lui, cette ombre d'hier au matin effacée
        Quand le soleil a lui !

Si, des cieux abaissés, vous marchez solitaire,

24

Sur ces monts escarpés que l'homme n'atteint pas,
Il suivra plein d'effroi, sur leur fumant cratère,
La trace de vos pas.

Car, devant vous, Seigneur, sur leurs bases tremblantes,
Sentant fléchir l'orgueil de leurs sommets altiers,
Comme un lion vaincu, les montagnes géantes
Se couchent à vos pieds.

Etendez sur les eaux votre bras secourable !
Le flot monte toujours, il va me submerger.
Délivrez-moi, Seigneur, de la serre implacable
Des fils de l'étranger !

Leur langue est un serpent dont le venin s'attache
A souiller sans pitié l'homme au cœur droit et pur :
Le crime a dans leurs mains une arme qui se cache
Pour frapper à coup sûr.

Que de mon cœur brisé s'exhale la prière.

25

Comme les saints parfums que brûle l'encensoir.
Comme l'odeur des pins qui monte de la terre
      Sur les ailes du soir !

Heureux qui peut ainsi songer à son enfance
Sans y trouver mêlés ces longs jours de souffrance,
Ou, fermés dans les murs d'une étroite prison,
Contemplant tristement un lambeau d'horizon,
Nous suivions du regard moins que de la pensée,
De quelque arbre lointain la cime aux vents bercée,
L'oiseau qui parcourait les champs libres des cieux,
Et nous sentions bientôt des pleurs mouiller nos yeux !

Dans le sol maternel profondément fixée,
Heureuse mille fois la plante délaissée
Que le savoir cruel du fer éducateur
N'aura pas dépouillé de sa jeunesse en fleur.
Elle aspire à longs traits sous sa robuste écorce

La sève qui fera sa durée et sa force ;
Et ses rameaux féconds, sans être mutilés,
Ou contre un triste mur, tordus, écartelés,
Sans factice chaleur qui la hâte et la tue,
Donneront à leur jour la récolte attendue.

Heureux qui vit le jour loin des sombres cités,
Où, nomade habitant de leurs murs détestés,
Il faut, à chaque fois qu'on transporte sa tente,
Abandonner des siens la poussière vivante,
Tant de chers souvenirs qui, pour jamais perdus,
De ceux que nous aimions ne nous parleront plus !

Heureux qui peut revoir sous le toit de son père
La place encore intacte où reposait sa mère,
Quand ses regards éteints et sa mourante voix
S'adressèrent à lui pour la dernière fois !
Là, du moins, des aïeux les tombes vénérées
Dans la foule des morts ne sont point égarées.

Sous les arbres grandis que leurs mains ont plantés
A l'ombre des rameaux par le fer respectés.
S'il sent du doute en lui peser la nuit obscure.
De ceux qui l'ont quitté la mémoire si pure.
Le visage à la fois austère, calme et doux.
Apparaissent vivants; et tombant à genoux.
La pensée élevée au-delà de la terre.
Il donne un libre cours aux pleurs, à la prière.
Et retrouve, en ouvrant ces deux sources du cœur,
Un peu de cette paix qui ressemble au bonheur.

VII.

LE MAUVAIS SENTIER.

LES ENFANTS.

—Que nous veulent, mon Dieu, cette vieille en colère
Et ces hommes vêtus de noir ?
J'ai peur, car il me semble voir
Que de leurs yeux sur nous tombe un regard sévère.

LA VIEILLE.

—Enfants, d'où venez-vous ? où courez-vous ainsi ?

Et qui vous a permis de passer près d'ici ?

LES ENFANTS.

— Pitié pour la peine cruelle
De deux pauvres enfants qui, depuis ce matin,
Loin de la maison paternelle,
Ne peuvent, dans la nuit, retrouver leur chemin !

LA VIEILLE.

Pour les soins, les soucis, les peines qu'elle coûte
L'enfance est sans égard).
— Loin de votre devoir et loin de votre route,
Qui vous retient si tard ?

LES ENFANTS.

Les bois, les champs et la verdure...

Ils étaient ce matin si beaux :
Car l'orage avait de ses eaux
Ravivé leur fraîche parure.

A peine aussi nos yeux ouverts
Virent-ils l'aube souriante
Qui chassait l'ombre décroissante
Sur l'émeraude des prés verts.

Nous franchîmes d'un pas rapide
Le verger clos de ses vieux murs,
Ramassant les fruits déjà mûrs
Épars sur le gazon humide.

Le jour se levait, rallumant
A sa lueur vive et rosée,
Dans chaque goutte de rosée.
L'étoile éteinte au firmament.

Mille fleurs fraîches et vermeilles

Paraient les plus humbles sentiers,
Et les oiseaux plus familiers
Oubliaient qu'ils avaient des ailes.

Tout était champs, parfums, rayons,
Échangés du ciel à la terre :
Le front baigné dans la lumière,
Joyeux, en marchant, nous disions :

Chantez, matinale alouette,
Chantez votre douce chanson :
Sur votre nid, dans le buisson,
Dormez en paix, pauvre fauvette !

A moitié cachés dans les blés,
Gais moissonneurs, liez vos gerbes ;
Égarés dans les hautes herbes,
Troupeaux, mugissez ou bêlez !

Et nous marchions toujours : et dans les cieux limpides

L'ardent soleil montait. Les heures sans pitié
Avec lui s'enfuyaient ; et leurs ailes rapides
Avaient de ce beau jour emporté la moitié.
Nous cherchions dans les bois l'ombre partout absente.
Sur la mousse où, lassés nous vînmes nous asseoir.
Aux framboisiers de pourpre, à la fraise odorante.
    L'airelle mêlait son fruit noir.

D'autres plantes sans nombre aux formes inconnues.
Nous montraient à l'envi leurs fleurs, leurs fruits nouveaux
Et devant nous fuyaient les longues avenues
Qu'ombrage la forêt de ses mouvants arceaux.
L'écureuil s'y jouait, sautant de branche en branche.
De l'érable au fayard, des chênes aux bouleaux
Qu'on reconnait au loin à leur écorce blanche.
    A travers les sombres rameaux.

Vers un coin du ciel bleu, perçant la voûte obscure:
Les yeux fixés, du vent nous écoutions la voix
Qui s'approche et grandit, puis s'apaise et murmure.

Et va se perdre au loin dans le profond des bois :
Et nous ne pensions plus que, des monts descendue,
L'ombre à grands pas marchait vers le déclin du jour:
Du sentier conducteur la trace était perdue,
        Quand nous songeâmes au retour.

L'aubépine piquante et le rosier sauvage,
Entrelaçant leurs bras, nous barraient les chemins.
Et faisaient payer cher l'inutile passage
A grand'peine frayé par nos sanglantes mains.
Puis, quand la lune vint, à sa clarté mouvante
Si quelque arbre géant dressait son profil noir,
D'un fantôme on eût dit la tête menaçante
        Qui se penchait pour mieux nous voir.

    Pitié pour la peine cruelle
De deux pauvres enfants, qui, depuis ce matin,
Ne peuvent, dans la nuit, retrouver le chemin
        De la demeure paternelle !

35

LA VIEILLE.

— Malheur, malheur en vérité !
De nos jours c'est ainsi qu'on laisse
L'enfance errer en liberté
Dans le chemin de la paresse.
Tôt ou tard ils seront instruits.
Ceux dont la main triste et coupable
Sema la race détestable
Dont nous voyons déjà les fruits.

Enfants, c'est bien, entrez : ces murs sont ma demeure ;
Vous tenteriez, pour fuir, des efforts superflus :
Car vous n'en sortirez que lorsque viendra l'heure,
L'heure où la liberté ne vous égare plus.

VIII.

CAUCHEMAR.

Quand le vent du midi chassant les noirs autans
Apporte avril en fleur sur son aile attiédie,
Et qu'on voit s'agiter comme un souffle de vie,
Ferment générateur où germe le printemps :

La lumière des cieux, trop longtemps éclipsée,
Regarde enfin la terre, et la terre, à son tour,
Émue et souriante à ce regard d'amour.

Va bientôt se parer comme une fiancée

Le gazon reverdit ; d'enivrantes senteurs
S'exhalent des forêts par l'hiver dépouillées :
Comme le lait qui monte aux mamelles gonflées,
Sur leurs boutons rougis coule la sève en pleurs.

Du voile transparent de ses feuilles écloses
Le saule des vallons s'est vêtu le premier.
Plus précoces encor, le pêcher, l'amandier
Font pleuvoir sur les prés leurs fleurs blanches et roses.

Mais, trop vite oublié, l'austère vent du nord,
Réveillant tout à coup son haleine endormie,
Vient souffler sur ces fleurs, sur toute cette vie.
Adieu, Printemps ! voici le froid, la nuit, la mort !

L'homme connaît aussi cette heure printanière ;

Où tout ce qu'il doit être et qu'il n'est point encor,
Flotte indécis dans l'âme, avant de prendre essor,
Comme au vent du matin une vapeur légère :

Où semblable au bouquet que l'on cueille en chemin,
Sans souci de son but, sans souci de la route,
L'idée à chaque pas, comme une fleur s'ajoute,
Où les pleurs d'aujourd'hui sont oubliés demain :

Où nulle passion n'est encore éveillée,
Où nous ne connaissons des nuits que le sommeil :
Joyeux chaque matin de revoir le soleil,
Qui fait chanter l'oiseau sous la verte feuillée.

Pleine d'enchantements et de chastes attraits,
D'illusions en fleurs et de calme espérance,
Trop courte vision, la céleste innocence
S'asseoit à nos côtés comme un ange de paix.

Jamais de l'idéal plus pur rayon n'arrive.

Que reflété sur nous par l'azur de ses yeux :
Une onde pure ainsi fait descendre les cieux
Jusqu'à l'humble gazon que vit croître sa rive.

Mais un souffle étranger, glacial et mortel,
Arrête en son élan cette divine flamme,
Cette aurore du cœur, ce beau printemps de l'âme,
Que fit épanouir le regard maternel.

Ainsi, l'âme languit, des glaces de la tombe
    Paralysée, avant les jours d'hiver :
Ainsi, sans être mûr, se flétrit, meurt et tombe
    Le fruit souvent dévoré par un ver.
La chenille s'attaque à la feuille naissante,
    Et, dans ses nids, aux rameaux suspendus,
Fourmille un ennemi, dont la faim dévorante
    Mène en rampant les bataillons velus.
L'araignée, en son antre, attend et puis emporte,
    Prise au filet, la mouche aux ailes d'or :

Comme guette un marchand, sur le seuil de sa porte,
  Chaque passant pour grossir son trésor.
Un ennemi plus sûr, plus terrible se cache
  Près de l'enfant rieur et confiant,
Et du seuil paternel malgré ses pleurs l'arrache,
  Entre ses bras l'emportant tout tremblant.
Ah ! n'est-ce point assez qu'au déclin des années
  Souvent plus tôt, nous vienne la douleur,
Sans qu'un spectre hideux, de ses mains décharnées,
  Vienne flétrir nos seuls jours de bonheur ?
Faut-il tant de soucis, tant de peines cruelles,
  Être fermés vivants dans un tombeau ?
Faut-il au premier jour qu'il essaya ses ailes,
  Qu'un fer brutal les coupe au pauvre oiseau ?
Maîtres du Bien, du Beau, saints, héros ou poètes,
  Ne pouvons-nous nous rencontrer ailleurs !
Que vous seriez féconds, si vos froids interprètes
  Oubliaient moins de parler à nos cœurs,
Si nous n'étions si loin des champs, de la lumière,
  Du ciel, enfin, qui vous sut inspirer :

Si nous n'étions, mon Dieu ! si loin de notre mère,
  Que nous saurions bien mieux vous adorer !
Dans une âme d'enfant tout ce qui se remue
  De chaud, d'aimant, d'imprévu, de naïf,
S'atrophie ou s'éteint rien qu'à la triste vue
  Des sombres murs qui le tiennent captif.
Sur sa bouche épié s'éteint le doux sourire.
  Qu'il doive un jour être aigle ou passereau,
On mesure ses pas, jusqu'à l'air qu'il respire :
  Il doit subir l'imbécile niveau.
De l'esprit et du cœur la jeunesse s'efface :
  Sur ce front pâle, impuissant, irrité,
Ce que dix ans d'ennui semblent mettre à la place,
  Vaut-il jamais tout ce qu'ils ont coûté ?

IX.

LE GRAIN DE BLÉ.

Voyez ce grain de blé qui, malgré les orages
    Ou l'hiver qui sévit,
Faible et fort à la fois, a traversé les âges
    Vivant où l'homme vit.

Mais du grain à l'épi sur la terre stérile
    Que de rudes labeurs !

Enfants, vous ignorez pour la rendre fertile
    Ce qu'il faut de sueurs.

Croyez-vous qu'il suffit du printemps qui l'arrose,
    De l'été qui mûrit ?
Sur le ciel même ami que l'homme se repose
    Et la moisson périt.

Car l'insolente ortie et la ronce rampante,
    Reptile aux mille bras,
Le tenace gramen, l'ivraie envahissante
    Ne se reposent pas.

Si tous ces ennemis constamment en révolte
    Ne tombent sous sa main,
Qu'elle n'attende pas le jour de la récolte,
    Elle attendrait en vain.

La terre est inféconde au bras qui l'abandonne.

En son espoir déçu,
L'homme est coupable seul, car la terre lui donne
Ce qu'elle en a reçu.

II.

Ainsi le bien des biens, notre aliment suprême,
L'auguste vérité,
Que le divin semeur a dans nos cœurs lui-même
Comme un froment jeté.

La vérité ne peut y croître sans culture :
Quand elle meurt en nous,
N'accusons ni le Ciel, ni l'ingrate nature,
Ni l'ennemi jaloux.

L'ennemi, c'est le vice, aux jours de notre enfance

Par tous les vents jeté,
Et qui prend vite aux cœurs que laissa sans défense
La molle oisiveté.

C'est le bluet frivole et la nielle légère,
Le pavot fier et vain,
Épuisant, pour nourrir leur beauté passagère,
La sève du bon grain.

L'ennemi c'est nous-même ; en nous libre réside
La source de l'effort,
La volonté qui fait, si Dieu l'aide et la guide,
Le cœur droit, le bras fort.

Oui, n'accusons que nous, quand nous semble épuisée
La faveur du Très-Haut :
Aux bonnes volontés la divine rosée
Ne fit jamais défaut.

Que le champ du travail soit notre âme ou la terre :
     Froment ou vérité.
Le sol le plus ingrat a toujours un salaire,
     Pour qui l'a mérité.

Et plus aux jours d'épreuve et de revers funestes
     Le grain en est battu.
Plus belle il portera dans les greniers célestes
     Sa moisson de vertu.

III.

O travail ! sainte loi qui conserve et féconde,
     Le Seigneur te bénit !
Par toi la créature au Créateur du monde
     Se soumet et s'unit.

Malheur à qui te nie, et devant toi recule,
Le châtiment le suit,
Comme l'arbre maudit que l'on coupe et qu'on brûle
Parce qu'il est sans fruit.

L'homme, en naissant déchu, doit tribut à la terre
Pour être racheté ;
Il s'acquitte par toi. Le travail est le père
De toute liberté.

Si, domptée à son tour, la matière docile
Apprend à le servir,
Une œuvre reste encore, et la plus difficile,
Lui-même à conquérir.

Il se trompe s'il croit au jour de sa puissance
Le repos arrivé ;
Où finit un travail, un plus rude commence
Toujours inachevé.

Des champs de l'idéal s'il veut tenter la route,
  Loin d'y trouver la paix,
Il trouve la douleur et bien souvent le doute,
  Le but cherché, jamais.

Tout progrès est retard, toute conquête est vaine
  Qui ne rendent meilleurs :
Le bien trouve ici-bas une lutte certaine,
  Sa récompense ailleurs.

Que nous sert d'acquérir une gloire impuissante ?
  Dans ce monde, fardeau
Déjà lourd à porter, elle est bien plus pesante
  Au-delà du tombeau.

Marchons à notre rang, sans orgueil, sans envie :
  Nul n'est grand ni petit.
Qui connaît, pour juger la valeur d'une vie,
  Le point d'où l'on partit ?

C'est Dieu qui fait la part des forces qu'il nous donne.
De l'effort qu'à son tour
Chacun fait pour gagner l'éternelle couronne.
Qu'il nous promet un jour

X.

PREMIÈRE COMMUNION.

JÉSUS-CHRIST.

« Purs comme un ciel serein que le matin colore,
Tout rayonnants des feux de mon céleste amour,
Venez, mes bien-aimés, marchez comme l'aurore
Jusqu'à l'achèvement du jour. »

LES ENFANTS.

« O Seigneur, ô Jésus, comment ne pas vous suivre !
Pour qui les a connus vos sentiers sont si doux :
Celui qui près de vous un jour s'est senti vivre
Peut-il vivre un seul jour sans vous ? »

JÉSUS-CHRIST.

« Vous possédez la source où toute soif s'étanche.
Elle se donne à vous pour ne vous quitter plus.
Tant que vous garderez cette tunique blanche,
Chaste vêtement des élus. »

LES ENFANTS

« Le lis dont Salomon, dans sa magnificence.

Ne pouvait égaler la royale splendeur .
Garde jusqu'à la fin la robe d'innocence
                Que vous lui donnâtes, Seigneur.

L'arbre qui croit heureux sur les bords d'un grand fleuve,
Bien loin d'en détourner son feuillage orgueilleux,
Se penche avec amour sur l'onde qui l'abreuve
                Et l'aide à monter vers les cieux.

Du bras qui les conduit, de la main qui les sème,
Les troupeaux et les champs reconnaissent les soins ;
Pour vous, Seigneur et Roi, qui vous donnez vous-même,
                Ingrats, pourrions-nous faire moins ? »

JÉSUS-CHRIST

« Oui, la terre et les cieux, et toute créature
Ne savent à mon nom qu'obéir, adorer ;

Et l'homme, à qui des biens j'ai comblé la mesure.
    L'homme seul ose murmurer.

Quand des plus égarés un seul rentre en ma voie.
Si du moins tous pouvaient regarder dans mon cœur.
Peut-être seraient-ils plus touchés de ma joie
    Qu'ils ne le sont de ma douleur.

Enfants, consolez-moi. si mes faveurs divines
Ne reçoivent souvent que l'opprobre et l'affront.
Vos innocentes mains écartent les épines
    Qui couronnent encor mon front. »

LES ENFANTS.

« Pitié pour les pécheurs ! si grande est la souffrance
Pour l'enfant qui d'un père outragea la bonté.
Et fuit loin d'un regard qu'il sait par son offense
    Avoir justement irrité.

Peut-être il fut un jour qu'ils appelaient leur mère,
La couvrant de baisers qu'elle ne rendait pas,
Puis ils ne virent plus celle qui sur la terre
        Aurait guidé leurs premiers pas.

Car tous vos dons, Seigneur, racontent votre gloire,
Les monts, les bois, les fleurs et la splendeur du jour;
Une mère fait plus, son amour force à croire
        A la grandeur de votre amour. »

JÉSUS-CHRIST

« Enfants, la main de Dieu ne délaisse personne,
Sur sa bonté que tous se reposent en paix :
Ma main hier fermée, aujourd'hui s'ouvre et donne,
        Plus libérale que jamais.

De vos cheveux pas un sans mon vouloir ne tombe,

Chaque plume est comptée à l'humble passereau :
Tout être est mon enfant, et surtout si la tombe
        L'a fait orphelin au berceau.

Qu'il soit seul, entouré de dangers et d'alarmes,
Plus il est loin de tous, plus je suis près de lui :
Mon cœur porte le sien, il pleure avec ses larmes :
        Où serait un plus sûr appui !

Pour vous, quand finira de vos jeunes années
Le matin souriant, quand il faudra souffrir,
Si votre âme devient comme ces fleurs fanées
        Qu'un vent desséchant fait périr :

Aux sources d'ici bas, si votre lèvre avide
Veut se désaltérer, et si, bientôt lassés,
Vous sentez croître en vous la soif d'amour, le vide
        Que mon absence avait laissés :

Que ce jour si rempli de grâce et de prière.
Resté comme un parfum au fond de votre cœur.
Vous ramène vers moi, moi qui suis le bon père
    Et le divin consolateur.

Mais, fidèles et bons, qu'auprès de vous s'approche
Quelque être par le vice ou le doute abattu.
Ah ! ne lui faites pas par un cruel reproche
    Sentir comme un poids la vertu.

Vertu sans charité, c'est un oiseau sans aile.
Une semence au cœur impuissante à germer ;
Ayez la charité qui fait la vertu belle
    Car sa beauté la fait aimer

Par amour de Jésus, enfants, pour qu'on vous aime
Afin qu'à vous, à tous, beaucoup soit pardonne.
Aimez, aimez ! car plus vous donnez de vous même
    Plus au ciel il vous est donné

XI.

VIRGINITAS.

LE LIS

« Enfants, joyeux de voir s'ouvrir
Mes fleurs si simples et si belles.
Epanouissez-vous comme elles.
Et gardez-vous de les flétrir !

De ces bois, où dans le silence
J'ai pu grandir et me cacher.

Vous ne voudrez point arracher
Mon humble tige sans défense.

Aussi, sans en être troublé,
De vos lèvres je sens l'étreinte,
Car votre bouche est pure et sainte,
Et votre front immaculé.

De l'innocence protectrice,
Nous avons tous trois la candeur ;
Et je la vois dans votre cœur
Aussi blanche qu'en mon calice.

Pour vous, il garde avec amour,
Comme une coupe virginale,
Les pleurs que l'aube matinale
Y verse pour les feux du jour.

Restez près de moi, je vous aime

Comme vous aimez ma fraîcheur :
Pour vous, comme pour toute fleur.
Sachez que la source est la même :

Elle ne cesse de couler
Sur cette hauteur solitaire,
Où des souillures de la terre,
Rien ne peut venir se mêler :

Où, pendant que les cités mornes
Dorment dans un épais brouillard,
Du soleil le premier regard
Me vient de l'horizon sans bornes.

Il luit dans toute sa splendeur,
Et sur les plaines désolées,
Des tempêtes accumulées
Pèse la ténébreuse horreur

Le soir, sur les monts d'un bleu sombre,
Quand son disque rouge est posé,
Et semble un navire embrasé
Qui dans l'Océan lointain sombre ;

Sa lueur qui m'éclaire encor
Fait sur ma corolle d'opale,
Comme une couronne royale,
Briller mes étamines d'or.

Aussi dorée à sa lumière,
Autour de vos fronts radieux,
Je vois flotter de vos cheveux
L'auréole blonde et légère.

Ne redoutez point d'ennemis.
Ici tout m'aime et me respecte ;
La bête fauve et l'humble insecte
Sont inoffensifs et soumis.

Contemplez du bord des abîmes.
Les Alpes, sublime chaos.
Soulevant leurs immenses flots
Dont l'orage a blanchi les cimes.

Que ne puis-je avec vous monter
Vers ces régions inconnues.
Que l'aigle hardi, que les nues
Osent à peine visiter !

Temples aux gigantesques dômes
Que Dieu lui-même s'est construits.
Pour n'être souillés ni détruits
Par la main du temps ou des hommes :

Pour qu'il s'y conserve toujours
Quand elle est partout défaillante.
Une voix digne qui le chante.
Aussi belle qu'aux premiers jours.

Car l'ouragan, des pins, des chênes,
Tire des sons harmonieux :
Il n'emporte que cris haineux
En frappant les forêts humaines.

De la cascade aux mille bonds
Rumeur lointaine de la foule,
De l'avalanche qui s'écroule
Sur les flancs arrachés des monts.

Que disent les voix incessantes ?
Ce que dit l'oiseau dans ses chants :
Ce que moi, simple lis des champs,
Je vous dis, âmes innocentes :

Heureux, heureux est le cœur pur !
L'invisible à lui se révèle :
Comme en un lac, miroir fidèle,
Descend le ciel sombre ou d'azur.

La foi le sauve de la crainte.
Et la foudre aura beau gronder.
Du maître qui sait la guider
En elle il ne voit que l'empreinte.

Car les cieux ne sont blasphémés
Que par les méchants en révolte.
Forcés de subir la récolte
Des maux qu'eux-mêmes ont semés.

Aux éclairs de l'enthousiasme.
Comme aux rayons du jour qui luit.
S'enfuyent, oiseaux de la nuit.
Le doute amer et le sarcasme.

Au-delà des pâles clartés
De notre soleil périssable.
Il devine un jour véritable.
Il sent d'autres réalités :

Semblable à l'aube qu'on voit poindre,

Du soleil pâle avant-coureur,

Il voit la lointaine lueur

Du jour qui ne doit plus s'éteindre.

XII.

L'ÉCHELLE D'OR.

C'est l'idéal, c'est Dieu que, rêveuse et troublée,
Je cherche sans repos, depuis ce jour lointain
Où belle, heureuse alors, depuis triste exilée,
L'âme humaine tomba de sa divine main.
Qui me consolera, si, du ciel descendue.

J'en emporte partout l'éternel souvenir.
Si je ne dois plus voir cette beauté perdue
A laquelle ici-bas en vain je veux m'unir.

    Aussi, ma voix n'est qu'une plainte
    Pleine d'amour et de regrets,
    Vous le savez, sentiers secrets.
    Qui de mes pas portez l'empreinte.
Que me sert de vous suivre aux plus ardus sommets.
Au fond des bois sacrés où la brise soupire.
    Si, vers le seul bien où j'aspire
    Vous ne me conduisez jamais !

PEINTURE

Sur les monts escarpés, aux chênes séculaires.
Dont la pourpre du soir découpe les rameaux.
Sur la plage déserte aux charmes plus austères.

Sur la plaine riante où paissent les troupeaux,
Il apparaît pourtant : de ses mains la nature
Reçut pour vêtement le don de la beauté,
Qui, sur les traits humains, s'illumine et s'épure,
Du rayon plus divin par l'âme reflété.

    Que ne puis-je, aux feux de l'aurore,
    A la Vierge aux profonds regards,
    Emprunter ces rayons épars
    Du type divin que j'adore !
Bel orient semé de nuages en feu,
Regards longs et rêveurs pleins d'une douce flamme,
    Vous en dites trop à mon âme,
    Ou bien vous en dites trop peu.

MUSIQUE

Donnez comme un parfum vos fraîches mélodies,
Brises des soirs d'été, rossignols dans les bois,

Ruisseaux qui murmurez sur le bord des prairies,

Fais gémir ou gronder ta formidable voix.

O vague qui bondis, quand l'orage en furie

Monte en croupe tes flancs par la foudre entr'ouverts

Et te fait, haletante et d'écume blanchie,

Franchir à pas géants le champ des vastes mers !

Tigres, lions, oiseaux de proie,

Fleuves, ruisseaux, brises, torrents,

Réunissez tous vos accents

De terreur, d'amour ou de joie !

Il n'en est pas un seul assez tendre et rêveur,

Assez doux et puissant pour que je puisse rendre

Ce chant que Dieu seul peut entendre,

Et qui s'élève de mon cœur.

ARCHITECTURE

Assouplis aux accords des célestes cantiques,

Le marbre et le granit sont descendus des monts,
Se courbent en arceaux, se dressent en portiques,
Dont l'image de Dieu couronne les frontons.
Grandissez-vous encor, maison de la prière :
Il faut faire au Seigneur un plus digne séjour
Génie humain, soufflez la vie à chaque pierre,
Montez, hymne debout, vers le ciel, nuit et jour !

    Et dans les nefs harmonieuses

    Un monde entier s'épanouit

    De formes, d'ombres et de bruit,

    Et de clartés mystérieuses.

Seigneur, je cherche encor... dans son élan pieux
Plus la voûte grandit, plus elle est solitaire.

    Temples, vous êtes de la terre,

    Et le Seigneur est dans les cieux !

ASTRONOMIE

Le Seigneur est partout. Tout nous dit sa présence,
Et l'immense Océan aux flots tumultueux,
Et l'insondable éther où gravite en silence
Des globes enflammés le chœur majestueux.
Dans vos courbes sans fin, comètes exilées,
Qu'avez-vous entrevu des sombres profondeurs ?
Pour revenir ainsi, pâles, échevelées,
Et le front sillonné de sinistres lueurs ?
  Avez-vous vu vos destinées ?
  Rentrerez-vous dans le chaos,
  Astres qui marchez sans repos
  Depuis des millions d'années ?
Vous l'ignorez. Celui que vous ne voyez pas,
D'un souffle vous créa, d'un souffle vous efface,
  Comme le vent fait de la trace
  Qu'un passant laissa sous ses pas.

73

Lumière par son âme, ombre par la matière,
Vers la terre ou le ciel incliné tour à tour,
L'homme marche à sa fin immortelle et dernière
Dans l'espace et le temps attardé pour un jour.
Infini dans ses vœux, mais borné dans sa course,
Il poursuit un bonheur qui fuit à chaque pas :
Cherchant alors plus haut et son but et sa source,
Il comprend que tous deux ne sont point ici-bas.

  Douleur, est-ce là votre cause ?
  N'êtes-vous que le bien absent,
  Semblable à l'ombre qui descend
  Sur la moitié de toute chose ?
Du mal qu'il n'a point fait l'homme a-t-il hérité ?
Ou sa propre faiblesse est-elle le nuage
  Qui lui cache votre visage,
  Resplendissante vérité ?

THÉOLOGIE.

Je veux la contempler loin des sphères mortelles
Où d'un impur limon son éclat est terni,
Et de l'aigle empruntant le regard et les ailes,
Je fuis en liberté vers l'espace infini :
Mais à peine au-delà de l'étroite limite
D'où s'efface à mes pieds le terrestre horizon,
Je sens faillir le souffle en mon sein qui s'agite,
Le vertige a troublé mes sens et ma raison.

    Alors je reviens et soupire,
    Et l'humilité sur le front,
    Je rêve à l'abîme sans fond
    Qui me repousse et qui m'attire.
Seigneur, votre sagesse a bien su mesurer
Ce qu'il faut d'air vital à l'humaine poitrine,
    Ce qu'il faut de lueur divine
    Pour apprendre à vous adorer.

SCIENCE.

Des victimes jadis la fibre palpitante,

Laissait de l'avenir entrevoir les décrets.

L'homme, maître à son tour de la terre expirante.

De son sein douloureux arrache les secrets.

Espace, temps, limite, implacable barrière,

J'entends crier vos gonds par la rouille surpris :

Passez, esprit de l'homme, et sans voir en arrière,

Avancez au milieu des antiques débris !

    Qu'une aile de feu vous seconde :

    Faites voler, coursiers ardents,

    Sous vos pieds plus prompts que les vents,

    La poussière de l'ancien monde !

Esprit audacieux, vous êtes arrêté !

La vitesse du char a donc brisé vos rênes !

    Auriez-vous retrouvé des chaînes

    Où vous rêviez la liberté ?

SAINTETÉ.

Je n'ai rien à chercher, Seigneur, car je vous aime,
Vous, de tout ce qui vit l'immuable moteur.
Je vous sens vivre en moi ; je sens que c'est le même
Qui fait mouvoir les cieux et fait battre mon cœur.
Idéal tant cherché, large et féconde vie,
Lien doux et puissant, chaud rayon de la foi,
Amour, divin amour ! oui, tu m'as asservie,
Que me fait désormais tout le reste sans toi !

    Viens, mon bien, ma seule pensée,

    J'aime, je souffre et je me meurs.

    Adorant au milieu des pleurs

    Le trait divin qui m'a blessée !

Rends ma bouche assez pure, ô chaste inspirateur,
Pour que je fasse aimer ta beauté méconnue,

    Pour que la terre froide et nue

    S'embrase à ton souffle vainqueur !

XIII.

RAYONS DE SOLEIL.

Venez à la ronde joyeuse :
Aimé de notre blanche sœur
Le ciel est pur, la vie heureuse :
Dansons gaiment, chantons en chœur :

De nos cheveux, noires ou blondes,
Laissons, laissons flotter les ondes
Sur notre col en liberté :
J'aime la joie, et je l'inspire,
Je donne aux lèvres le sourire,
Aux yeux leur humide clarté.

2e VOIX.

Parfois au loin rien ne révèle
Un lac transparent et profond.
Quand l'oiseau passe et d'un coup d'aile
Y trace un lumineux sillon,
Ainsi dans l'âme qui s'ignore,
D'un regard je sais faire éclore
Le rayon qui l'épanouit :
La sève ainsi rompt son écorce.

79

Quand un rayon du ciel la force
A devenir fleur, feuille et fruit.

3e VOIX.

Venez, de la brise embaumée
Le souffle à peine fait mouvoir
La cime des bois allumée
Aux reflets embrasés du soir :
Heure enivrante, où la pensée
S'agite, vaguement bercée
Par des élans mystérieux,
Et bientôt délaisse la terre,
Comme ces rayons de lumière
Qui vont se perdre dans les cieux.

80

4e VOIX.

Que le jour tombe, ou qu'il colore
De ses feux le bel orient,
De l'âme où je rayonne encore,
Je suis le matin souriant.
Qu'à nos voix votre voix unie
Chante ces heures de la vie
Que le remords ne suit jamais,
Et qui, dans leur beauté première,
Ont jadis régné sur la terre
Alors que seule j'y régnais.

Dansez, dansez, troupe rieuse,
Avant que de ses rudes mains
La douleur ne touche et ne creuse
Vos fronts aujourd'hui si sereins :
Avant que de ses doigts moroses,

XI

L'hiver n'ait desséché les roses,
Le gazon de vos pieds foulé ;
Avant que les bois sans feuillage,
Aient vu remplacer leur ombrage
Par un jour triste et désolé.

Versez le printemps à notre âme
Et chantez vos rêves d'un jour,
Enthousiasme, sainte flamme,
Innocence, jeunesse, amour !
Plus tristes que la feuille morte,
Puisque le temps qui vous emporte
Ne pourra plus vous rajeunir,
Que, de votre beauté céleste,
En notre cœur du moins il reste
Le cher et sacré souvenir.

XIV.

SUR LA MONTAGNE.

Au-delà du sentier qui montant de la plaine,
Sur les coteaux se perd dans la trace incertaine
    Que laissent les troupeaux.
Voulez-vous avec moi venir, ô ma compagne,
Et nous découvrirons du haut de la montagne
    Des horizons nouveaux?

Voilà que des forêts dépassant la ceinture,

Les rochers entassés remplacent la verdure :
    Plus hardi que jamais,
Sur leurs débris mouvants que notre pied se pose
Entre l'œillet de pourpre et la bruyère rose.
    Voisine des sommets.

Passons, sans les cueillir, près de ces fleurs si belles :
Aux parfums pénétrants d'autres fleurs plus vermeilles
    Nous attendent plus loin,
Qui, pour s'épanouir, cherchent les pics sauvages.
Une atmosphère vierge, un soleil sans nuages
    Et Dieu seul pour témoin.

Près d'elles j'aimerais contempler des tempêtes
Les bataillons flottants, aux livides arêtes,
    Accourus à grands pas,
Camper silencieux sur la plaine assombrie,
Attendant que Dieu donne à leur foudre endormie
    Le signal des combats.

Mais aujourd'hui partout respire un air de fête.

Les nuages sont d'or : près d'eux, sur notre tête,

    Comme le ciel est pur !

Des boutons d'or ainsi l'étoile lumineuse

Ajoute au doux éclat de l'humble scabieuse

    Au pâle et tendre azur.

N'apercevez-vous pas des cimes inconnues,

Où scintille au milieu de grandes roches nues

    Le prisme des glaciers ?

Pendant que les vallons, les collines ombreuses,

En confondant au loin leurs lignes vaporeuses,

    S'abaissent à nos pieds.

Atteignons le sommet de la montagne ardue ,

Où nos regards pourront sur l'immense étendue

    Planer en liberté:

Quel bonheur d'aspirer l'air pur dans sa poitrine,

De se sentir le point le plus haut qui domine
        L'espace illimité ;

De voir sur la blancheur des neiges éternelles,
L'aigle majestueux ouvrir ses noires ailes !
        Je veux dans les rochers
Dont le temps n'a pas pu combler les larges fentes,
Dans les volcans éteints aux bouches menaçantes,
        Trouver leur nids cachés.

Montons, montons encor, car l'aube diligente
Marche d'un pas rapide, et sa lumière argente
        Les cieux déjà pâlis ;
Et je voudrais vous voir à sa clarté si douce,
Heureuse et souriante, assise sur la mousse,
        Blanche comme un beau lis.

XV.

UN SOIR.

Enfants, qu'attendez-vous ? c'est l'heure accoutumée
Où comme des oiseaux retirés dans leurs nids,
Chaque soir, sous le toit de la famille aimée,
     Vous êtes réunis.

De la roche escarpée à la verte campagne,
Dont le cercle élargi s'ouvre de toutes parts,

XX

Vous avez, tout un jour, errant sur la montagne,
        Promené vos regards.

Il est vaincu par vous ce géant de la terre,
Qui jaloux du trésor à sa garde lié,
De l'horizon cachait sous son profil austère
        La plus belle moitié.

D'un regret ou d'un vœu faut-il donc voir la trace
Sur vos yeux vaguement dans l'espace perdus ?
Aviez-vous espéré de ce jour qui s'efface
        Quelque chose de plus?

A de plus hauts sommets songeriez-vous encore !
Quand le soleil voisin de sa couche de feu
Jette un dernier regard sur vos fronts qu'il colore
        De son baiser d'adieu.

Pendant qu'autour des monts où sa course s'achève,

S'échappent en faisceaux de rougeâtres lueurs,
Et qu'aux bords opposés de l'horizon se lève
  L'astre aux rayons rêveurs.

La nuit qui sommeillait au fond de la vallée,
Sur les hauteurs s'avance à pas silencieux :
Voyez-la tout à coup qui dans sa marche ailée
  Escalade les cieux.

Elle change, en passant sur les sommets de neige,
La pourpre en terne azur, en ombres l'or vermeil
Des nuages pressés comme un brillant cortége
  Sur les pas du soleil.

Ainsi décroît et meurt la grande symphonie
Où tout être est partie, où sons, couleurs et voix,
Formant de mille accords une seule harmonie,
  S'élèvent à la fois.

Tout se tait, sous le ciel dont la voûte recule.
On ne distingue plus que l'étoile du soir.
Et la terre au milieu du pâle crépuscule.
      Globe immobile et noir.

Ainsi quand des vitraux la splendide magie
S'éteint avec le jour, paraît l'humble clarté
De la lampe oscillant sous la voûte agrandie
      Du temple déserté.

Enfants, qu'attendez-vous? c'est l'heure accoutumée
Où comme des oiseaux retirés dans leurs nids
Chaque soir sous le toit de la famille aimée
      Vous êtes réunis.

XVI.

LE VOL DE L'AME.

Eh bien ! suivez de vos pensées
Le vol au cours aventureux !
Quand vos ailes seront lassées,
Ah ! puissiez-vous sous d'autres cieux,
Ne point regretter la vallée,
Où de votre enfance écoulée,
Fut abrité l'heureux berceau.

Où des jours la pente si douce
Était semblable au lit de mousse
Où fuit un limpide ruisseau !

Lorsque l'hirondelle abandonne
Nos champs par la neige couverts,
Son infaillible instinct lui donne
Un guide pour passer les mers.
La campagne est encor fleurie,
Et vous ignorez la patrie
Où vous emporte un vain désir.
Vous partez, pauvres hirondelles,
Savez-vous si joyeux comme elles
Vous pourrez un jour revenir?

Rêvez-vous les bosquets de roses
Que n'effeuillent plus les hivers,
Où se mêlent aux lauriers roses
L'orange aux rameaux toujours verts ?

La grenade rouge et pendante,
Les cactus à corolle ardente,
Les myrtes sous leurs fleurs blanchis,
Plantes du soleil bien-aimées,
Jetant leurs senteurs embaumées
Aux vents par le soir rafraîchis ?

C'est tout cela, c'est plus encore :
Hélas ! sous chacun de vos pas
Un monde nouveau peut éclore,
Il ne vous arrêtera pas :
Vers l'inconnu qui vous entraîne,
Sans le savoir, pauvre âme humaine,
Marchez donc jusqu'à ce qu'enfin
La réalité vous rencontre,
Et d'un air dédaigneux vous montre
La tombe en travers du chemin.

XVII.

L'IDÉAL.

— Allons plus loin encor, de ce dernier nuage
          Au flanc livide, obscur,
Traversons l'épaisseur, jusqu'au bord qui surnage
          Éclairé par l'azur.

Mais le soleil y jette un rayon qui nous guide :
          Que notre ardent essor

S'accélère en passant par le sentier splendide
De ce beau rayon d'or.

Sur la cime des bois, ainsi quand l'aube épanche
Le jour vif et vermeil.
Les oiseaux en chantant montent de branche en branche
Pour revoir le soleil.

Nous n'envions plus rien à votre aile légère,
Pauvres oiseaux. c'est vous
Qui, désormais, laissés entre nous et la terre,
Devez être jaloux.

Plus nous marchons, et plus sur sa face attristée
Je vois dans le lointain
S'agiter en tous sens notre ombre projetée
Sur un âpre chemin :

Plus il me semble aussi qu'une clarté secrète

Dont je suis ébloui,
Qu'une voix jusqu'ici dans mon âme muette,
S'éveillent aujourd'hui :

Que mon cœur, où mon être en entier se replie,
Est tout prêt à s'ouvrir,
Pour donner le trop plein de ce torrent de vie
Qui ne saurait tarir.

O transports inconnus d'un bonheur qui m'inonde,
Que je n'osais rêver,
Êtes-vous précurseurs de ce merveilleux monde
Que nous devons trouver ?

Brises qui nous prêtez votre aile caressante,
Dont le souffle si doux
Rafraîchit en passant ma poitrine brûlante,
Où nous emportez-vous ?

Dites, le savez-vous, ô vous, sœur de mon âme !
  Quels pensers imprévus
Font briller dans vos yeux ces éclairs, cette flamme
  Que je n'ai jamais vus.

Je tressaille de joie, et pourtant il me semble
  Sentir un vague effroi :
Pour la première fois en vous parlant je tremble,
  Et j'ignore pourquoi.

— Vous le saurez bientôt : des ombres de la terre
  Votre cœur déjà las
Dans ce chemin sacré qui mène à la lumière
  A fait les premiers pas.

Mais du charme secret qui le trouble et l'attire
  Il ignore le sens,
Si l'épreuve ne vient qui soulève et déchire
  Le voile de vos sens.

En des liens d'un jour, votre âme enveloppée
    Devra leur dire adieu,
Les couper, comme fait la lame bien trempée
    Par l'épreuve du feu.

Comme un limon grossier et s'épure et se change
    En lumineux cristal.
Dans l'âme libre et pure, ainsi doit sans mélange
    Rayonner l'idéal.

L'Idéal qui, partout où croissent les épines
    Des terrestres douleurs,
Sait jeter des vertus la semence divine
    Qui mûrit dans les pleurs.

Car tout espoir est vain, et tout culte est profane,
    Qui ne l'ont pour appui.

100

Et sous le poids des jours on s'écroule ou se fane
    Tout ce qui n'est pas lui.

Lui seul, côté réel de l'impossible rêve
    Qui commence ici-bas,
Qui, toujours poursuivi, s'échappe et ne s'achève
    Qu'au-delà du trépas.

Lui seul qui peut enfin donner les blanches ailes
    Qui porteront un jour
Votre cœur attardé par des amours mortelles
    Vers l'immortel amour.

Ah ! puissé-je avoir su, pendant mon court passage
    Au but mystérieux,
Soulever pour toujours un peu de ce nuage
    Qui le cache à vos yeux.

Adieu! car où je vais vous ne pouvez me suivre!
  Laissez-moi prendre essor
Au ciel, où désormais loin de vous je dois vivre
  Pour quelques jours encor!

XVIII.

RÉALITÉ.

Vous commencez de vivre, et déjà vous pleurez.
Inhabile à souffrir, enfant, vous ignorez
    Le prix de ces larmes premières :
Novice voyageur lassé dès le matin.
Que de fois il faudra vous asseoir en chemin
    Pour en verser de plus amères.

Il serait doux de suivre insouciant, en paix,
Le long des prés fleuris, sous les ombrages frais,
    Le sentier de nos destinées,
De ne croire qu'au bien, aux printemps sans hivers,
À ce monde idéal que l'on voit à travers
    Le prisme des jeunes années :

Mais là n'est point la vie, et vivre c'est sentir
Les regrets du passé, l'horreur de l'avenir,
    Le présent chaque jour plus rude,
De la réalité c'est voir avec effroi,
Comme un âpre désert, grandir autour de soi
    La morne et froide solitude.

Comme un bouton de rose entr'ouvre en souriant,
Aux regards attendus du splendide orient,
    Sa corolle fraîche et pourprée,
Il serait doux de croire aux rêves de son cœur,
De le laisser s'ouvrir aux rayons de bonheur
    Qu'y jette une image adorée :

Mais là n'est point la vie, et vivre c'est souffrir :
C'est voir chaque matin une fleur se flétrir
    Sur l'arbre mort de l'espérance,
Ses projets, ses désirs renversés, balayés,
Les replis de son cœur les plus secrets broyés
    Sous le marteau de la souffrance.

O rêve inachevé d'innocence et d'amour !
Étoile aux doux rayons qui pâlit sans retour
    Aux premiers regards de l'aurore !
Que ne vous disons-nous un éternel adieu.
Pourquoi de vains regrets alimenter le feu
    Sous la cendre qui fume encore !

Dès qu'il s'éteint pourtant, la douleur, gouffre amer,
S'avance en murmurant comme une sombre mer
    Autour de l'âme désolée :
Et qui ne sent alors la plus forte vertu
Chanceler comme un roc par les vagues battu,
    Tremblant sur sa base écroulée !

Soulevé par les vents du doute et de l'erreur !
Malheur ! si des bas fonds de l'être jusqu'au cœur,
        Le flot des passions rebelles
Monte, après chaque assaut traînant quelque débri
Du cœur qui se débat languissant, amoindri,
        Sous le coup des vagues cruelles.

Dans leur fureur croissante, elles montent toujour
L'âme bientôt sans foi, sans espoir, sans amour,
        Va-t-elle, en entier submergée,
Loin des flambeaux divins dont la clarté s'enfuit,
Dans l'éternel chaos d'une éternelle nuit,
        Errer, livide naufragée ?

Heureux alors pour qui ne parle pas en vain,
Comme un écho vivant, du passé déjà loin
        Cette voix qui se fait entendre :
« Bénissez qui vous frappe ; à genoux, à genoux !
Et vous verrez des flots s'apaiser le courroux,
        Et la paix sur vous redescendre.

Priez, et vous saurez ce que vaut la douleur.

N'allez pas ressembler à l'ingrat voyageur

    Qui, dans son aveugle délire,

Maudirait, en tombant dans un gouffre profond,

Sur la pente arrêté, l'épine du buisson,

    Qui, pour le sauver, le déchire.

Que l'idéal enfin, à sa source cherché,

Emporte votre amour, de la terre arraché,

    Vers cette immortelle patrie,

Où chaque élan du cœur, par la douleur heurté,

Doit remonter plus pur à l'unique beauté

    Qui ne peut pas être flétrie !

FIN DE LA PREMIÈRE PARTIE

TABLE.

FIN DE LA TABLE

www.ingramcontent.com/pod-product-compliance
Lightning Source LLC
LaVergne TN
LVHW050843200726
843507LV00001B/400